S0-ACL-919

Primer
Diccionario de
Matemática

Richard W. Dyches
Jean M. Shaw

Ilustrado por Czeslaw Sornat

Franklin Watts

Nueva York • **Londres** • **Toronto** • **Sydney**

Los autores desean dar las gracias a las siguientes personas
por su asistencia en la evaluación de este manuscrito.

James D. Cowles, Ph.D.
Department of Early Childhood Education
United States International University
San Diego, California

Helene Silverman, Ph.D.
Herbert H. Lehman College
City University of New York
Bronx, New York

Margaret Kasten, Ph.D.
Technology Consultant
Ohio Department of Education
Columbus, Ohio

Patricia M. Wilson, M.A.
Adjunct Professor of Education
Mercy College
Dobbs Ferry, New York

Marilyn S. Neil, Ph.D.
Associate Professor of Education
Georgia Southwestern College
Americus, Georgia

Desarrollo Editorial: The Pegasus Group
Diseño y Producción: The Pegasus Group

Para Katie y Matt
Jordana, Michael, y Kate

Library of Congress Cataloging-in-Publication Data
Dyches, Richard W.
[First math dictionary. Spanish]
Primer diccionario de matemática / Richard W. Dyches,
Jean M. Shaw.
p.   cm.
Translation of: First math dictionary.
Summary: Illustrations and simple definitions introduce over
260 math terms.
ISBN 0-531-07926-0 (lib. bdg.). — ISBN 0-531-15236-7
1. Mathematics—Dictionaries, Juvenile.
[1. Mathematics—Dictionaries. 2. Spanish language materials.]
I. Shaw, Jean M. II. Title.
QA5.D9318   1991
510.3—dc20
91-16908   CIP   AC

Copyright © 1991 by Franklin Watts, Inc.
All rights reserved
Printed in the United States of America
6 5 4 3 2 1

acc. 2-93
CONNOLLY

Estimados Padres y Educadores:

La matemática es una materia abstracta, a menudo difícil de comprender por los niños en sus tempranos años escolares. Sin embargo, en el mundo tecnológico de hoy, es muy importante que los niños establezcan una base firme del vocabulario matemático para así adquirir la confianza que necesitan a medida que aprenden conceptos más complejos. Este *Primer Diccionario de Matemática*, diseñado para los niños que cursan los grados desde kindergarten hasta tercero, provee esa base al definir más de 260 términos que los niños deberán conocer a fondo para poder manejar los problemas más complejos que encontrarán desde el cuarto grado en adelante.

Con el uso de este libro de referencia, la matemática pierde su mística y se hace divertida cuando el niño aprende viajando con un amigo especial. Cebras, leones, tigres y girafas asi como otros animales ayudan a explicar conceptos tales como el contar, la suma y las medidas. Las ilustraciones reafirman y explican las definiciones ya claramente escritas, lo que ayuda a hacer la matemática menos abstracta. El estudiante ve las definiciones y su interés en la matemática aumenta cuando mira las ilustraciones gráficas tales como un monito sosteniendo 5 plátanos y 3 piñas que suman un total de 8 frutas.

Creemos que este diccionario enfocado a la matemática, al igual que su compañero el *Primer Diccionario de Ciencia* son únicos ya que enseñan la materia y al mismo tiempo estimulan las habilidades de referencia de los niños al introducirlos a términos claves en su orden alfabético. El diccionario de matemática refleja también una revisión extensa del plan de estudios y sigue las Pautas del Consejo Nacional de Profesores de Matemáticas. Además, el diccionario está correlacionado con todos los libros de matemática más importantes.

Con el uso de este importante vehículo de referencia, estamos seguros que los niños aprenderán la terminología matemática que necesitan para ambos la escuela y la vida diaria.

Sinceramente,

Richard W. Dyches   *Jean M. Shaw*

SOBRE LOS AUTORES

El Dr. Richard W. Dyches es un consultante y escritor de material educativo para niños pequeños. El Dr. Dyches, quien en el pasado ha sido educador de escuela primaria y profesor de la Universidad, dicta con frecuencia conferencias y seminarios a nivel Nacional e Internacional. El Dr. Dyches vive en la ciudad de Nueva York.

La Dra. Jean M. Shaw es Profesora de Educación Pre-Primaria y Elemental de la Universidad de Mississippi. La Dra. Shaw es nacionalmente conocida como educadora y autora de muchos libros para niños en las áreas de matemática y ciencia. La Dra. Shaw vive en Oxford, Mississippi.

ábaco

Usas un **ábaco** para contar.
Cuentas usando las bolitas.

abajo de

Abajo de significa lo que está por debajo. El león está **abajo del** gato.

4

afuera

Afuera es lo opuesto de adentro.
Los libros están **afuera** de la caja.

al lado de

Al lado de significa junto a otro. La
zorra está sentada **al lado de** la vaca.

alrededor

Alrededor significa cerca de o casi.
Hay **alrededor** 400 bolitas en la caja.

alto

¿Que altura tiene la pared?

Alto significa hacia el cielo o de gran
altura. La pared tiene cinco pies de
alto

altura

La **altura** es la medida de algo desde la base hacia arriba.

ancho

ancho

Ancho es la medida de algo de lado a lado.

ángulo

Cuando dos rayos se encuentran, forman un **ángulo**.

ángulo recto

ángulo recto

Un **ángulo recto** es una esquina cuadrada. Tiene la forma como la esquina de un pedazo de papel.

antes

Antes significa cuando algo viene delante de otro. El 7 viene **antes** del 8.

año

Un **año** se usa para medir tiempo.
1 **año** = 12 meses

aproximar

Aproximar es decir alrededor de cuantos o cuanto. Hay aproximadamente 40 pájaros.

área

Area = 21 cuadrados

Area es el número de unidades cuadradas necesarias para cubrir un espacio.

arista

arista

Arista es un segmento de línea donde dos caras de una figura sólida se encuentran.

arriba

Arriba significa encima de, o más alto. La cometa está encima del hipopótamo.

atributo

Un **atributo** es una característica especial usada para describir un objeto.

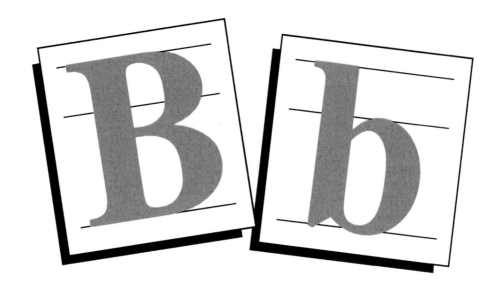

bajo

Bajo significa poco elevado o pequeño.

base

base

Una figura se para sobre su base.

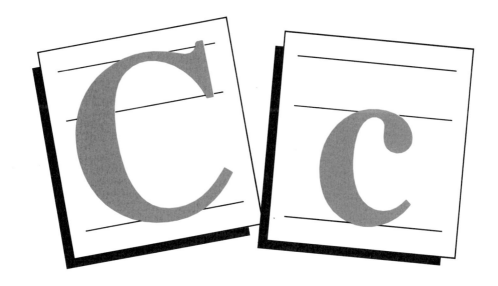

calculadora

Una **calculadora** se puede usar para sumar, restar, multiplicar, dividir y hacer otras operaciones.

calcular

Calculas para encontrar las respuestas a operaciones numéricas.

cálculo mental

Usas **cálculo mental** para resolver problemas en tu cabeza.

calendario

Un **calendario** se usa para medir tiempo y muestra el órden de los días y los meses.

cantidad

Una **cantidad** puede ser medida. La **cantidad** en la balanza pesa cuatro libras.

capacidad

La **capacidad** es la medida de cuanto una cosa puede contener.

Cc

cara

cara

Cualquier parte plana de una figura sólida es una **cara**.

casualidad

Casualidad significa algo que quizás puede suceder. Quizás va a llover.

Celsius

La temperatura en el sistema métrico se mide en grados **Celsius**.

centavo

El **centavo** es una moneda que vale la centésima parte de un dólar.
100 **centavos** = 1 dólar

centenas	decenas	unidades
2	5	6

El dígito en el lugar de las centenas muestra cuantas centenas hay.

centésimo

Si divides un todo en 100 parts iguales, cada parte es una centésima.

centímetro

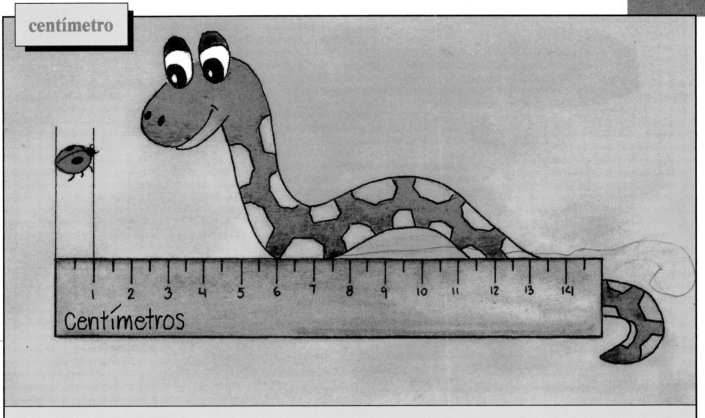

Usas un **centímetro** para medir longitud.
100 **centímetros** = 1 metro

centro

El **centro** es un punto en el medio de una figura.

cerca   más cerca que   la más cerca

Cerca significa lo mismo que cercana.
Más cerca que significa la más cercana de dos.
La más cerca significa la más cercana de todas.

cercano/cercano a

Si una cosa esta cerca de otra, está muy próxima, o cercana.

cero

Cero significa que no hay objetos en el grupo.

cien

10 decenas = 100

Cien es un número de tres dígitos.
1 centena = 10 decenas

Cc

cilindro

Cilindro es una figura sólida. Tiene dos bases que son círculos.

círculo

Un **círculo** es una figura plana, redonda. Todos los puntos en el **círculo** estan a la misma distancia del centro.

clasificar

Clasificas ordenando en grupos de acuerdo a un atributo.

cociente

$$6 \div 2 = 3 \text{ — cociente}$$

El **cociente** es el resultado que obtienes cuando divides.

columna

Columna es una línea de números u objetos que va hacia arriba y hacia abajo.

combinación

Una combinación es una cierta agrupación de objetos o números.

comparar

Comparas dos cantidades o tamaños.

computadora

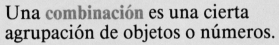

Una computadora es una máquina que ayuda a la gente a resolver problemas.

congruente

Figuras **congruentes** tienen el mismo tamaño y forma. Los cuadrados son **congruentes**.

conjunto

Un **conjunto** es un grupo de cosas.

cono

Un **cono** es una figura sólida que termina en un punto en uno de sus extremos. Su base es un círculo.

contar

$...4, 5, 6, 7, 8, 9,...$

Cuentas nombrando los números para decir cuantos hay.

contar salteado

Cuentas salteado contando grupos del mismo tamaño.

Cc

corto

pantalones
← cortos

Corto se refiere a longitud o tiempo.
Corto es lo opuesto a largo.

cuadrado

cuadrado

Un **cuadrado** es una figura plana.
Tiene cuatro lados iguales y cuatro
ángulos rectos.

cuarto

Usas un **cuarto** para medir capacidad.
4 **cuartos** = 1 galón

cuarto de dólar

Un **cuarto de dólar** es una moneda que vale 25 centavos.
1 **cuarto de dólar** = 25 centavos

cubo

Un **cubo** es una figura sólida. Un **cubo** tiene seis caras cuadradas.

Cc

cubos modelos

Los **cubos modelos** son figuras de diferentes tamaños y colores.

cucharada

Usas una **cucharada** para medir capacidad.
1 **cucharada** = 3 cucharaditas

cucharadita

3 cucharaditas = 1 cucharada

Usas una **cucharadita** para medir capacidad.
3 **cucharaditas** = 1 cucharada

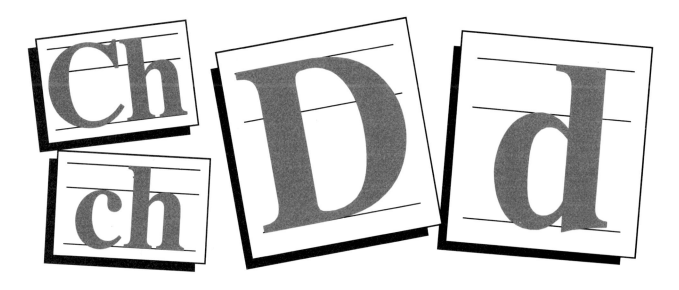

debajo de

Debajo de significa inferior a. El gatito está **debajo de** la mesa.

25

Dd

decenas

El dígito azul en el lugar de las decenas muestra cuantas decenas hay.

decimal

Nuestro sistema numérico es un sistema decimal. Está basado en diez y usa el valor relativo.

decímetro

Usas un decímetro para medir longitud.
1 decímetro = 10 centímetros

denominador

denominador

En una fracción, el denominador indica el número de partes iguales de un todo.

dentro

Dentro es lo opuesto a fuera. El mono está **dentro** de la caja.

derecho

la mano
derecha

Derecho es lo opuesto a izquierdo.

desigual

$$3 \neq 4$$

Cantidades son **desiguales** si no son iguales. $\neq$ significa "no es igual a."

27

Dd

después

Después significa más tarde o seguido de. El 4 viene **después** del 3.

día

Un **día** se usa para medir tiempo.
1 **día** = 24 horas

diagonal

Una **diagonal** es un segmento de línea que une esquinas opuestas en una figura.

diamante

Un **diamante** es una figura plana con cuatro lados iguales. Un **diamante** es también un rombo.

diámetro

diámetro

Un **diámetro** es un segmento de línea que pasa a través del centro del círculo.

diez

diez

Diez el el número menor de dos dígitos. Puedes juntar cosas en grupos de 10.
1 decena = 10 unidades

diferencia

$$4 - 3 = 1$$

diferencia

La **diferencia** es el resultado que obtienes cuando restas.

diferente

Cosas que no son iguales son **diferentes**. Las figuras son **diferentes**.

Dd

dígito

Hay diez **dígitos**, 0,1,2,3,4,5,6,7,8 y 9. Los números pueden tener muchos **dígitos**.

dinero

Usas **dinero** para comprar cosas o ahorrar. El **dinero** viene en monedas y en papel.

diseño

Un **diseño** muestra como números, figuras o colores se relacionan o repiten.

dividir

$$9 \div 3 = 3$$

Dividir es separar grupos en partes iguales.

doblar

Doblas para cambiar direcciones.

doble

Doblas cuando encuentras dos veces la misma cantidad.

docena

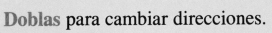

Doce es otro nombre para **docena**.

dólar

Un **dólar** es papel moneda que vale 100 centavos.
1 **dólar** = 100 centavos

Dd

Un número **de dos dígitos** es uno que tiene un lugar para las decenas y un lugar para las unidades.

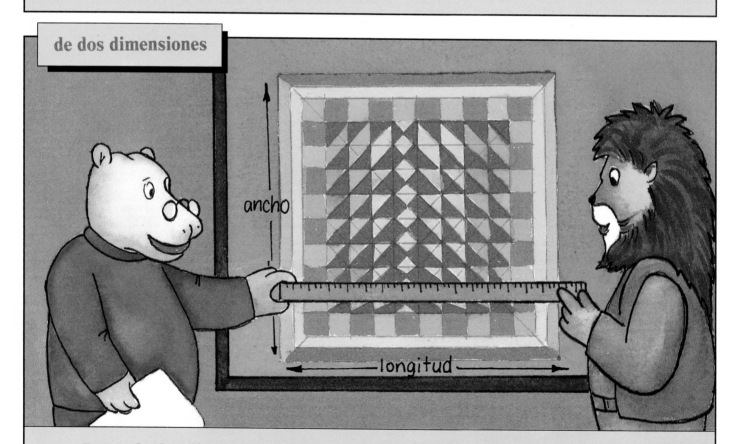

Una figura **de dos dimensiones** es una figura plana que tiene largo y ancho.

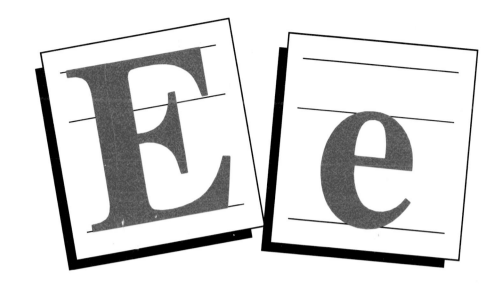

Una **ecuación** es una expresión numérica. Esta muestra que dos cantidades son iguales.

Emparejas apareando objetos o números.

encima

Encima significa arriba o sobre. Los carros van **encima** de los camiones.

en conjunto

En conjunto significa cuantas en total. Hay 8 naranjas **en conjunto**.

entero

entera

Entero es la cantidad o forma completa.

entre

Cuando un objeto tiene una cosa a cada lado, está **entre** esas cosas.

equivalente

Cantidades o grupos equivalentes son lo mismo.

error

Un error es una equivocación.
$2 + 2 \neq 5 \qquad 2 + 2 = 4$

escala

Una escala se usa para medir peso.

esfera

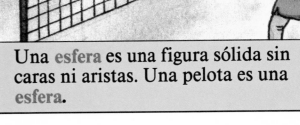

Una esfera es una figura sólida sin caras ni aristas. Una pelota es una esfera.

Ee

La **esquina** es donde los lados se encuentran.

Estimas tratando de acertar cuanto o cuantos.

Un **evento** es algo que podría suceder.

evento improbable

Un **evento improbable** es algo que posiblemente no suceda.

evento probable

Un **evento probable** es algo que posiblemente suceda. Probablemente nevará.

eventos igualmente probables

Eventos igualmente probables son aquellos que tienen la misma posibilidad de suceder.

37

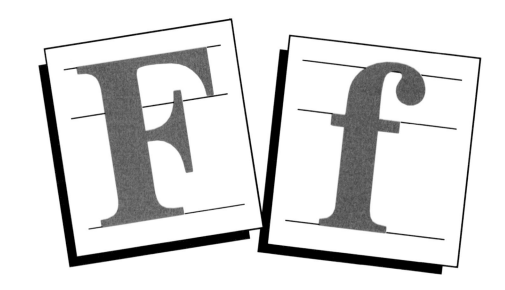

factor

$$4 \times 2 = 8$$
factores

Factores son números que se multiplican para obtener un producto.

Fahrenheit

La temperatura puede medirse en grados **Fahrenheit**. Hay 30 grados **Fahrenheit**.

figura abierta

Una **figura abierta** tiene dos extremos que no se encuentran.

figura cerrada

Una **figura cerrada** no tiene extremos ni tiene ninguna abertura.

figura plana

Una **figura plana** es lisa. Puedes dibujar una **figura plana** pero no puedes cogerla.

figura sólida

Una **figura solida** tiene las tres dimensiones longitud, ancho y hondo.

Todo lo que ves, dibujas o recoges tiene figura o forma.

forma desarrollada

356 = 300 + 50 + 6

Forma desarrollada es una manera de escribir números. Muestra cuanto vale cada dígito.

forma usual

forma usual 724

En **forma usual**, dígitos y valor relativo se usan para escribir números.

fracción

$\frac{1}{4}$ $\frac{1}{4}$
$\frac{1}{4}$ $\frac{1}{4}$

$\frac{1}{3}$ $\frac{1}{3}$
$\frac{1}{3}$

$\frac{3}{4}$

$\frac{2}{3}$

Una **fracción** es parte de un todo.

G g

galón

Usas un **galón** para medir capacidad.
1 **galón** = 4 cuartos

geometría

En **geometría**, aprendes sobre figuras planas, figuras sólidas, líneas y ángulos.

grado

La temperatura se mide en **grados**.

gramo

Usas un **gramo** para medir masa.
1 **gramo** = 1,000 miligramos.

grande   más grande   el más grande

Mi pie es grande.

Mi pie es más grande que el pie de la zorra.

Mi pie es el más grande de todos.

Grande significa mayor.
Más grande significa mayor que otro.
El más grande significa el mayor de todos.

gráfica

COLOR DE OJOS

Azul Verde Gris Carmelita

NUMERO DE LAPICES

Una **gráfica** es un dibujo que muestra información.

gráfica de barras

Una **gráfica de barras** usa barras para mostrar información.

gráfica de círculo

Una **gráfica de círculo** usa partes de un círculo para mostrar información sobre un todo.

gráfica lineal

Niños que traen una manzana para almuerzo.

Una **gráfica lineal** usa puntos y líneas para mostrar información.

grupo

Un **grupo** es un conjunto de cosas.

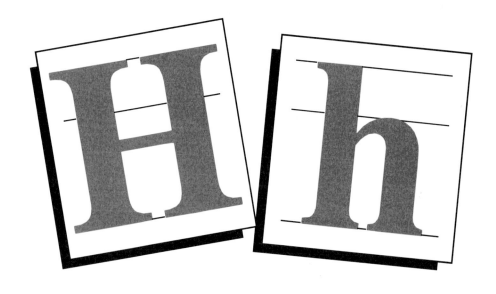

$3 \times 2 = 6$

$6 \div 3 = 2$

$7 + 1 = 8$

$9 - 3 = 6$

A las operaciones con los números de 0 al 9 se les llama **hechos básicos**.

hexágono

hexágono

Un **hexágono** es una figura plana. Un **hexágono** tiene seis lados.

hilera

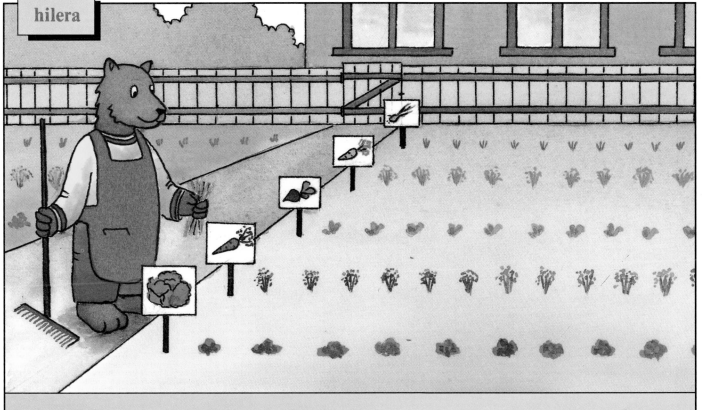

Una **hilera** es una línea de números u objetos que va en forma horizontal.

hora

Una **hora** se usa para medir tiempo.
1 **hora** = 60 minutos

horizontal

Una línea **horizontal** es paralela al horizonte.

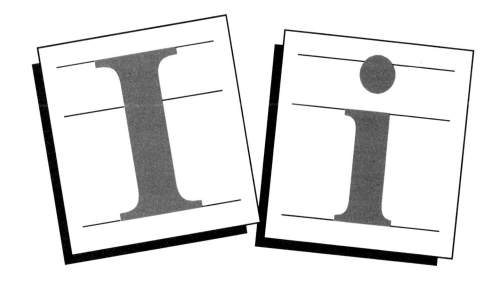

Cantidades que son exactamente lo mismo son **iguales**.

Una **imagen de espejo** es una reflexión que es exactamente igual al original.

Ii

No puedes repartir igualmente un número **impar** de cosas entre dos personas.

Una **intersección** es el lugar donde se cruzan o encuentran líneas o figuras.

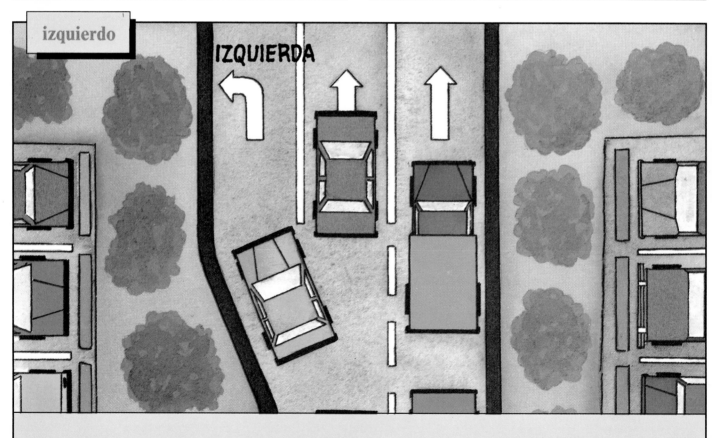

Izquierdo significa lo opuesto a derecho.

juntar

Juntas, poniendo cosas una con otra.

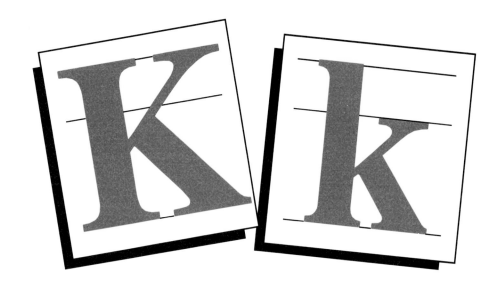

kilogramo

Usas un **kilogramo** para medir masa.
1 **kilogramo** = 1,000 gramos

kilómetro

Usas un **kilómetro** para medir
longitud o distancia.
1 **kilómetro** = 1,000 metros

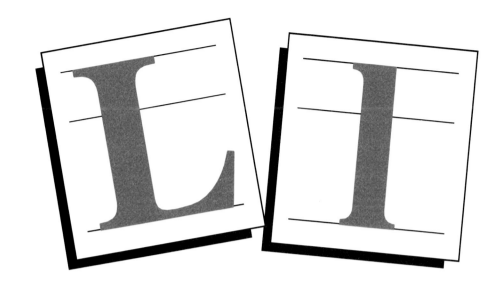

lado

lado

Lados son los segmentos de línea que forman una figura.

Ll

Largo se refiere a longitud o tiempo.
Largo también es lo opuesto a corto.

lejos

Lejos significa distante.

libra

LIBRAS

Usas una **libra** para medir peso.
1 **libra** = 16 onzas

litro

Usas un **litro** apra medir capacidad.
1 **litro** = 1,000 mililitros

lógica

Lógica es una forma razonable de estudiar y resolver un problema.

longitud

Longitud es la medida de algo de extremo a extremo.

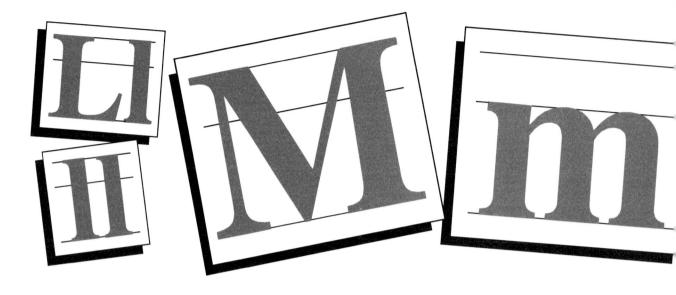

más

Más significa mayor cantidad. El gato tiene **más** bolas de nieve.

más

Más es un signo para sumar.

mayor

Mayor significa más grande que o una cantidad más grande.
> significa "**mayor** que."

el mayor

el mayor

El mayor significa el más grande en número o tamaño.

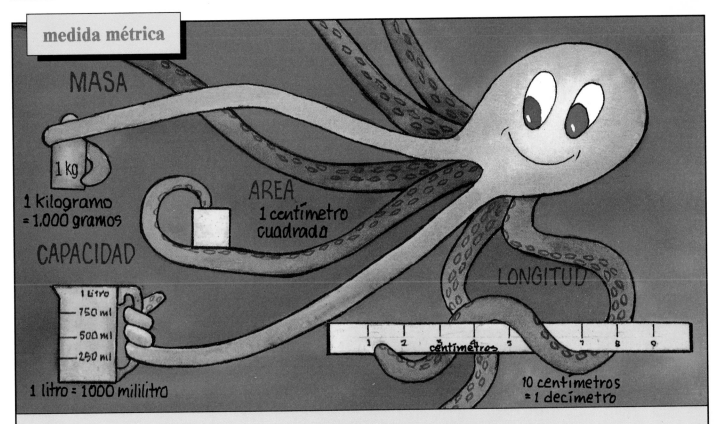

medida métrica

MASA

1 kg

1 kilogramo
= 1.000 gramos

CAPACIDAD

1 litro
750 ml
500 ml
250 ml

1 litro = 1000 mililitro

AREA

1 centímetro cuadrado

LONGITUD

1   2   centímetros   5   7   8   9

10 centímetros
= 1 decímetro

Algunas **medidas métricas** son centímetro, metro cuadrado, litro y kilogramo.

medida usual

CAPACIDAD

taza

pinta

cuarto

galón

PESO

onza

libra

LONGITUD

yarda

pies

1 2 3

regla

12 pulgadas = 1 pie

TEMPERATURA

°F

AREA

1 pie cuadrado

1 pulgada cuadrada

Algunas medidas usuales son taza, libra, yarda y pulgadas cuadradas.

medio

Obtienes medio cuando divides algo en dos partes iguales.

medio dólar

Medio dólar es una moneda de 50 centavos.
1 medio dólar = 50 centavos

medir

Mides tamaño, peso, temperatura, capacidad y tiempo.

menos

Menos es una cantidad menor. El rinoceronte tiene **menos** crayolas.

menos

5 − 1 = 4

signo para menos

Menos es el signo de restar.

menos

Menos significa menor cantidad. El león tiene **menos** dinero.

menor

El **menor** es el número más pequeño de cosas.

mes

El **mes** se usa para medir tiempo.
12 **meses** = 1 año

metro

Usas un **metro** para medir longitud.
1 **metro** = 100 centímetros

mil

Mil es un número de cuatro dígitos.
1 **mil** = 10 cientos

mililitro

Usas un **mililitro** para medir capacidad.
1,000 **mililitros** = 1 litro

milla

MI CASA 5 MILLAS

Usas una **milla** par medir longitud o distancia.
1 **milla** = 5,280 pies

minuto

En un minuto yo puedo
• rebotar la pelota 30 veces.
• saltar la cuerda 50 veces.

Un **minuto** se usa para medir tiempo.
60 **minutos** = 1 hora

mismo

Cuando las cosas son las **mismas**, son semejantes o iguales.

modelo

$2 \times 5 = \square$

Un **modelo** es algo que haces, escribes o dibujas. El te puede ayudar a resolver un problema.

moneda de cinco centavos

Un níquel es una **moneda de cinco centavos**.
1 níquel = 5 centavos

moneda de diez centavos

1 BOLITA 10¢

La **moneda de diez centavos** vale diez centavos. 1 **moneda de diez centavos** = 10 centavos

moneda de un centavo

Una **moneda de un centavo** vale la centésima parte de un dólar.

muestra

Una **muestra** es un pequeño grupo que se escoge al azar. Sirve como modelo de un grupo mayor.

múltiplo

$(2 \times 3 = 6)$ 6 es un múltiplo de 3
$(3 \times 3 = 9)$ 9 es un múltiplo de 3
$(4 \times 3 = 12)$ 12 es un múltiplo de 3
$(5 \times 3 = 15)$ 15 es un múltiplo de 3
$(6 \times 3 = 18)$ 18 es un múltiplo de 3
$(10 \times 3 = 30)$ 30 es un múltiplo de 3

Múltiplos son productos que tienen un factor común.

multiplicación

Multiplicación es una forma corta de encontrar una suma cuando los sumandos son iguales.

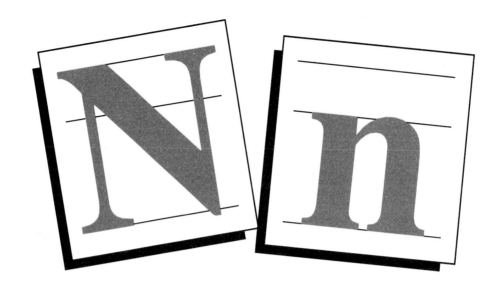

numerador

numerador

$\frac{2}{3}$ ← numerador

En una fracción, el **numerador** indica cuantas partes tienes.

numeral

→ 5

Un **numeral** es la forma escrita de un número. 5 es un **numeral**.

número

...9, 10, 11, 12, 13...

Puedes usar **números** para contar. Un **número** te indica cuantos.

número mixto

Un **número mixto** contiene un número entero y una fracción.

números cardinales

Los **números cardinales** se usan para contar cuantos hay.

números enteros

Números enteros son cero y los números con que se cuenta.

números romanos

Números romanos son símbolos usados para escribir números.

Un **objetivo** es una meta. El **objetivo** es hacer una librería.

Un **octágono** es una figura plana. Tiene ocho lados.

onza

Usas una onza para medir peso o capacidad. 16 onzas = 1 libra
16 onzas líquidas = 1 pinta

operación

Hay cuatro operaciones matemáticas: suma, resta, multiplicación y división.

opuesto

Opuesto significa en diferente dirección. Abajo es lo opuesto de arriba.

orden

Poner cosas en orden significa arreglarlas en una forma lógica.

Oo

ordenar

Ordenas separando cosas relacionadas en grupos.

ordinal

Usas un número **ordinal** para mostrar posición. El carro rojo es el primero.

óvalo

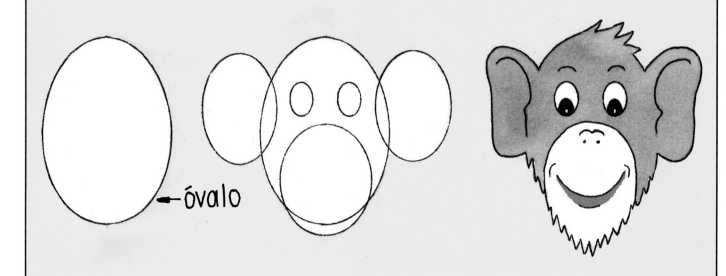

←óvalo

Un **óvalo** es una figura plana.

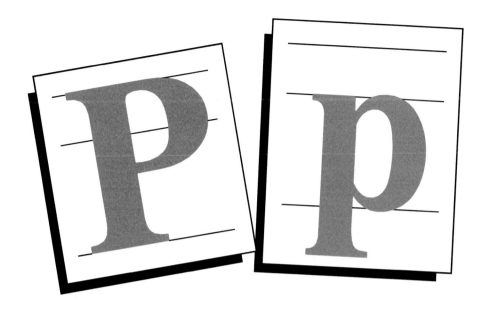

par

Dos personas pueden compartir un número **par** de cosas en partes iguales.

par

Un **par** es un grupo de dos.

Pp

paralelo

Líneas **paralelas** están separadas por la misma distancia. Las líneas **paralelas** nunca se encuentran.

paralelogramo

Un **paralelogramo** es una figura plana de cuatro lados. Los lados opuestos son paralelos.

parecido

Cosas que son **parecidas** son iguales de alguna manera. Las cajas son **parecidas**.

parte

Una **parte** es una pieza o porción de un objeto, grupo o cantidad.

pentágono

pentágono

Un **pentágono** es una figura plana. Un **pentágono** tiene cinco lados.

pequeño   más pequeño   el (la) más pequeño

Pequeño (a) significa menor en tamaño.
Más pequeño (a) significa el menor de dos.
El (la) más pequeño (a) significa el menor de tres o más.

Pp

perímetro

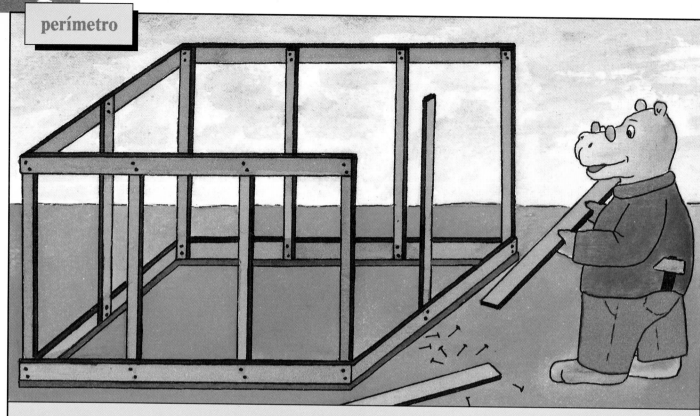

El **perímetro** es la distancia alrededor de una figura plana.

peso

Peso es la medida que indica cuan pesada es una cosa.

pictografía

Mascotas

Perro	🐕	🐕	🐕
Gato	🐱	🐱	🐱
Pez	🐟		
Pájaro	🐦	🐦	
Caballito	🐴		
Serpiente	🐍		

Una **pictografía** usa dibujos para mostrar información. Se le llama también gráfico de dibujos.

pie

Usas un **pie** para medir longitud.
1 **pie** = 12 pulgadas

pinta

Usas una **pinta** para medir capacidad.
1 **pinta** = 2 tazas

plano

Un **plano** es una superficie lisa. Un **plano** va siempre en todas direcciones.

polígono

Un **polígono** es una figura plana. Un **polígono** tiene tres o
más lados.

porcentaje

Porcentaje significa una parte de 100. El **porcentaje** de bolas azules 20.

prisma

Un **prisma** es una figura sólida. Las caras tienen cuatro lados. Las bases son polígonos.

prisma rectangular

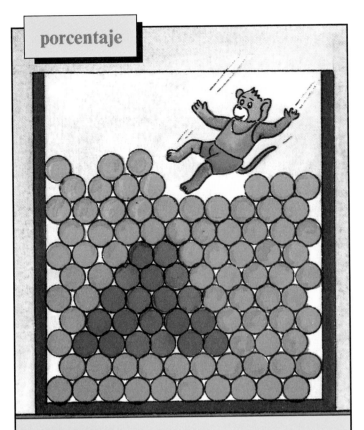

Un **prisma rectangular** es una figura sólida con seis caras. Las caras son rectángulos.

probabilidad

Probabilidad es la posibilidad de que algo suceda.

Pp

¿cuantas manzanas puedo comprar?

10¢ cada una

Un **problema** es algo que necesita una respuesta.

2 × 3 = 6
producto

El **producto** es el resultado que obtienes cuando multiplicas.

3 + 7 + 8 = 18
18 ÷ 3 = 6

Un **promedio** indica cual sería cada número en un grupo, si todos fueran casi lo mismo. Al **promedio** se le llama también término medio.

propiedad de agrupamiento de la multiplicación

La **propiedad de agrupamiento de la multiplicación** indica que cuandro cambias el agrupamiento de los factores, no cambias el producto.

propiedad de agrupamiento de la suma

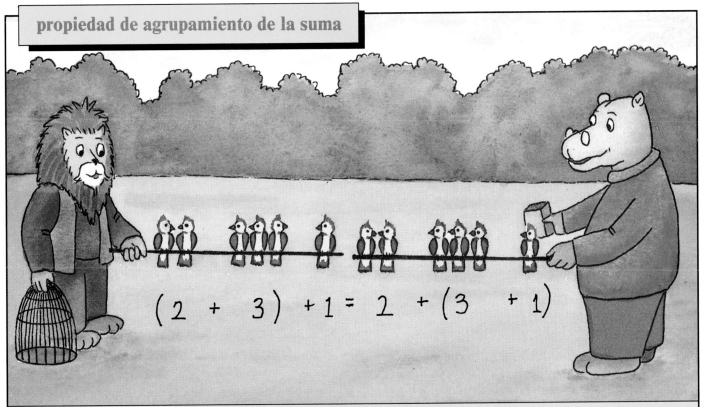

La **propiedad de agrupamiento de la suma** indica que cuando cambias el agrupamiento de los sumandos, no cambias la suma.

propiedad del cero en la multiplicación

$$6 \times 0 = 0$$

La **propiedad del cero en la multiplicación** indica que si multiplicas cualquier número por cero, el producto es siempre cero.

propiedad del cero en la suma

$$4 + 0 = 4$$

La **propiedad del cero en la suma** indica que si agregas cero a un número, la suma es ese número.

propiedad de orden de la multiplicación

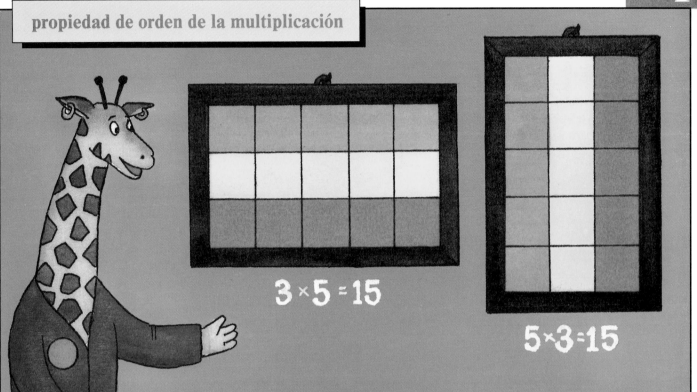

$3 \times 5 = 15$

$5 \times 3 = 15$

La **propiedad de orden de la multiplicación** indica que cuando cambias el orden de los factores, no cambias el producto.

propiedad de orden en la suma

$2 + 1 = 1 + 2$

La **propiedad de orden en la suma** indica que cuando cambias el orden de los sumandos, no cambias la suma.

proposición numérica

$$7 - 3 \approx 4$$

Una **proposición numérica** muestra como se relacionan
los números.

pulgada

Usas una **pulgada** para medir longitud.
12 **pulgadas** = 1 pie

punto

Un **punto** es un lugar en una línea o en una superficie plana.

punto decimal

VENTA
$9.99

Usas un **punto decimal** para escribir dólares y centavos.

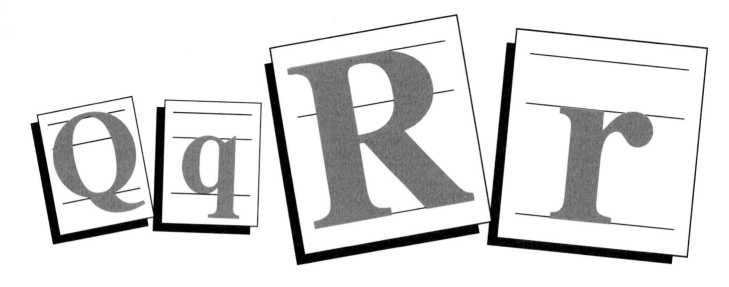

El **radio** es un segmento de línea que va del centro a un punto del círculo.

Un **rayo** comienza en un punto y va sin parar en una dirección.

razón

Una **razón** compara dos cantidades.

reagrupar

Puedes **reagrupar** cuando sumas o restas. Puedes cambiar 10 unidades por una decena.

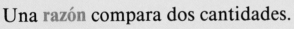

recta

Una **recta** va en dos direcciónes opuestas sin fin.

rectángulo

Un **rectángulo** es una figura plana. Tiene cuatro ángulos rectos y dos pares de lados iguales.

recta numérica

Una **recta numérica** es un modelo que muestra números en orden.

redondo

Una figura **redonda** no tiene líneas rectas ni esquinas.

región

Una **región** es una parte de una figura plana.

registro

Un **registro** es una serie de notas hechas para mantener una cuenta.

reloj

El **reloj** se usa para mostrar la hora.

reloj digital

Un **reloj digital** muestra la hora con números y no tiene manillas.

renombrar

Renombras un número dándole otro nombre.

residuo

$$13 \div 3 = 4 \text{ R}1$$

El **residuo** es lo que sobra cuando divides.

resolver

Resuelves un problema encontrando la respuesta.

resolviendo problemas

Resolviendo problemas es lo mismo que buscando soluciones.

resta

6 - 5 = 1

Restar es encontrar la diferencia entre dos números.

rombo

Un **rombo** es una figura plana. Un **rombo** tiene cuatro lados iguales.

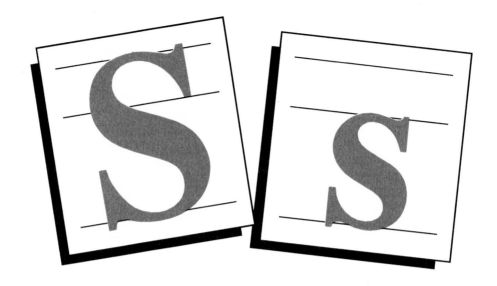

segmento de línea

Un **segmento de línea** es parte de una línea.

segundo

Un **segundo** se usa para medir tiempo.
60 **segundos** = 1 minuto

semana

D	L	M	M	J	V	S
			1	2	3	4
5	6	7	8	9	10	11
12	13	14	15	16	17	18
19	20	21	22	23	24	25
26	27	28	29	30		

Una **semana** se usa para medir tiempo.
1 semana = 7 días

serie

Una **serie** es un arreglo de números u objetos con la
misma cantidad en cada fila.

siglo

Un **siglo** es 100 años.

signo

$$5 + 5 = 10$$

$$7 - 2 \neq 4$$

$$4 \times 3 = 12$$

$$15 \div 3 = 5$$

$$6 > 1$$

$$7 < 9$$

Un **signo** matemático da importante
información en una expresión
numérica.

símbolo

Usas un **símbolo** en lugar de
palabras.

simetría

línea de simetría

Dos partes de una figura que concuerdan exactamenta son **simétricas**.

similar

Objetos que tienen la misma forma son **similares**. Los triángulos son **similares**.

suma

$$3 + 4 = 7$$

Sumar es juntar dos o más sumandos o grupos para obtener una suma.

suma

suma

$$5 + 3 = \mathbf{8}$$

La **suma** es el resultado que obtienes cuando sumas.

sumando

$$2 + 4 = 6$$

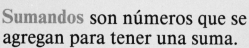

sumandos

Sumandos son números que se agregan para tener una suma.

sumando que falta

$$3 + \square = 5$$

sumando que falta

Un **sumando que falta** es el número que se necesita para completar la suma en una expresión numérica.

tabla

Una **tabla** es una lista con hileras y columnas. Ayuda a poner información en orden.

tabla centésima

Una **tabla centésima** es una tabla con todos los números en orden del 1 al 100.

tabla de geometría

Una **tabla de geometría** tiene hileras de clavijas. Estiras ligas de goma alrededor de ellos para hacer figuras.

tamaño

El **tamaño** te indica lo grande o pequeño que es un objeto.

tantos como

Cuando los grupos tienen un mismo número, un grupo tiene tantos como el otro.

taza

Usas una taza para medir capacidad.
2 tazas = 1 pinta

taza de medidas

Usas una taza de medidas para medir capacidad.

tecla

Tecla es un botón que aprietas en una calculadora o computadora.

temperatura

Temperatura es la medida del frío o del calor de una cosa.

termómetro

Un **termómetro** se usa para medir la temperatura. La temperatura se marca en grados.

tiempo

Tiempo indica cuanto tarda algo. Un reloj y un calendario muestran el **tiempo**.

tonelada

Usas una **tonelada** para medir peso o masa. 1 **tonelada** = 2,000 libras 1 **tonelada** métrica = 1,000 kilogramos

total

El **total** es la cantidad completa. Hay un **total** de 6 animales.

de tres dígitos

298

centenas	decenas	unidades
2	9	8

Un número **de tres dígitos** es un número que tiene lugar para las centenas, decenas y unidades.

de tres dimensiones

hondo

longitud

ancho

Una figura **de tres dimensiones** es una figura sólida que tiene longitud, ancho y hondo.

triángulo

Un **triángulo** es una figura plana. Un **triángulo** tiene tres lados.

unidades

centenas	decenas	unidades
9	3	6

El dígito en el lugar de las **unidades** muestra cuantas **unidades** hay.

unidades cuadradas

Unidades cuadradas se usan para medir el área.

Uu

Unidades cúbicas se usan para medir el volúmen.

uno

Uno significa una sola cosa.

uno a uno

Dos grupos pueden ser apareados **uno a uno**. Cada objeto en un grupo se relaciona con un solo objeto en el otro grupo.

Centenas	Decenas	Unidades	Centenas	Decenas	Unidades	Centenas	Decenas	Unidades

En valor relativo, la posición de un número indica cuanto vale el número.

Vv

Una línea es **vertical** si va derecha de arriba a abajo.

vértice

Vértice es la esquina de una figura plana o sólida.

voltear

Cuando **volteas** algo, lo giras para el otro lado.

volúmen

El **volúmen** es el número de unidades cúbicas que se necesitan para llenar una figura sólida.

yarda

10 yardas

Usas una yarda para medir longitud.
1 yarda = 3 pies   1 yarda = 36 pulgadas